August Antinous Rauber

Ueber den sympathischen Grenzstrang des menschlichen Kopfes

Antigonos

August Antinous Rauber

Ueber den sympathischen Grenzstrang des menschlichen Kopfes

Unveränderter Nachdruck der Originalausgabe von 1872.

1. Auflage 2024 | ISBN: 978-3-38635-118-8

Antigonos Verlag ist ein Imprint der Outlook Verlagsgesellschaft mbH.

Verlag: Outlook Verlag GmbH, Zeilweg 44, 60439 Frankfurt, Deutschland, info@outlook-verlag.de
Vertretungsberechtigt: E. Roepke, Zeilweg 44, 60439 Frankfurt, Deutschland
Druck: Libri Plureos GmbH, Friedensallee 273, 22763 Hamburg, Deutschland

Ueber den

sympathischen Grenzstrang

des

menschlichen Kopfes.

Von

Dr. A. Rauber,

Privatdocent der Anatomie in München.

Mit fünf lithographirten Tafeln.

München, 1872.

Verlag der J. J. Lentner'schen Buchhandlung.
(E. Stahl.)

Vorwort.

Fast bedarf es der Rechtfertigung, einen Theil des menschlichen Körpers zum Gegenstande einer Untersuchung zu machen, welcher wie die im Folgenden zu behandelnden peripherischen Nervencentren schon so vielseitig und von so ausgezeichneten Kräften bearbeitet worden ist.

Der vor einer Reihe von Decennien erbrachte Nachweis schon allein des Daseins der Ganglien an den Gehirnnerven, sowohl des Menschen wie der ganzen Reihe der Wirbelthiere, von welch weittragendem Einfluss hat er sich gezeigt auf das erwachende Verständniss des Planes, nach welchem die Gehirnnerven angelegt sind! Nicht geringere Erwartungen durfte man an die möglichst genaue Kenntniss ihres Baues und ihres Zusammenhanges mit dem übrigen Nervensysteme knüpfen. Und die mühevollen und trefflichen, mit allem Scharfsinn der Methode durchgeführten Nachforschungen auf diesem Felde haben in der That reiche Ergebnisse erzielt und führten zahlreiche Gedanken im Gefolge, welche das Geheimniss ihrer Function zu ergründen begannen. Nach diesen Bestrebungen erscheint es gewagt, von Neuem dem Gegenstande nahe zu treten.

Aber die Schätze der Natur sind unerschöpflich. Auch ist Nichts von dem, was der Forschung zugänglich geworden, so klein, dass es nicht der Erweiterung und Ausbildung des Erkannten fähig oder würdig wäre. Endlich tritt dem aufmerksam Betrachtenden selbst eine nicht geringe Zahl sich widersprechender Angaben und Anschauungen entgegen.

Wenn es nun der Zweck des Folgenden ist, zur anatomischen Aufhellung dieser Ganglien-Gruppe einen Beitrag zu liefern, so liegt mir zugleich die Absicht fern, vollständige, in sich abgeschlossene Darstellungen derselben zu geben und hiefür alles bisher zu Tage gebrachte Material zu verwenden. Sondern blos das Streitige werde ich ausführlicher hervorheben, das zu Bestätigende aber nur in Kürze berühren. Vorerst kann es nur darauf ankommen, möglichst viele und gute Beobachtungen zusammen zu bringen. Sind diese einmal umfassender und abschliessender geworden, dann wird eine andere Behandlungsweise, die jetzt nur dem Lehrbuche ziemt, am Platze sein.

Was die übrige hier inne gehaltene Anordnung des Stoffes betrifft, so erforderte es dessen Beschaffenheit, gewisse Beschränkungen eintreten zu lassen. Eine Vergleichung der Formbestandtheile der sympathischen und der Wurzelganglien kann den Menschen und die höheren Wirbelthiere nicht zum Ausgangspunkte nehmen. Bestimmte Einzelnheiten dieser Art bedürfen der Ergänzung durch Untersuchung niederer Wirbelthiere. Deren Ergebnisse aber sollen in einer wie ich hoffe bald folgenden besonderen Arbeit niedergelegt werden.

Es bleibt mir übrig, dem Conservator der hiesigen anatomischen Anstalt, Herrn Professor Dr. v. Bischoff, für die mir erwiesene bereitwillige Unterstützung mit allem disponiblen anatomischen Materiale hiermit meinen öffentlichen Dank zu erstatten.

München, im Oktober 1871.

Der Verfasser.

Ganglion sphenopalatinum.

Von einer geschichtlichen Darstellung der zahlreichen Arbeiten Umgang nehmend, welche das von Meckel dem Aelteren 1749 entdeckte Ganglion sphenopalatinum veranlasst hat, werde ich mich am passenden Orte auf eine kurze Zusammenstellung derjenigen Angaben beschränken, die von verschiedenen Autoren über gewisse, erneuerter Untersuchung bedürftige Verhältnisse desselben gemacht worden sind.

Mein Bestreben bei der Untersuchung dieses Ganglion ging hauptsächlich darauf aus, über die Beziehungen möglichst bestimmten Aufschluss zu erhalten, welche der Nervus sphenopalatinus und vidianus zu dem Ganglion und den aus ihm hervorgehenden Aesten besitze.

Man weiss und lehrt, dass der Nervus sphenopalatinus aus dem II. Aste des Trigeminus mit mehreren ansehnlichen, seltener zu einem Stämmchen zusammengefassten Wurzeln entspringt, welche, indem sie im bogenförmigen Herabsteigen gegen das Ganglion die geflechtartige Anordnung der Bündel des Stammes fortzusetzen pflegen, zu einem meist schwächeren Theile in das Ganglion sich einsenken, zum stärkeren aber als Rami palatini daran vorüber abwärts ziehen. Fragt man nach dem Schicksal der in dasselbe eingedrungenen Nerven, so ist die Antwort hierauf meist wenig zufriedenstellend.

Noch schwieriger gestaltet sich die Sache in Betreff des Nervus vidianus. Wurde er schon frühzeitig gegen alle Nerven, die mit dem Ganglion in Verbindung stehen, in den Vordergrund der Untersuchung gestellt, so übte das Bestreben über seine eigenthümlichen Verhältnisse zur Klarheit zu gelangen, auch auf die Späteren eine grosse Gewalt aus. Wie es aber früher der den Nervus vidianus theilweise ausmachende Petrosus profundus major war, so ist es gegenwärtig der Petrosus superficialis major, um dessen Ursprung und Ende sich eine Reihe von Fragen dreht.

Der Nervus vidianus ist bekanntlich kein einfacher Nervenstamm, sondern ein Geflecht, welches sich aus dem Petrosus superficialis major, dem Petrosus profundus major und minor, und, wie ich später zeigen werde, einem vom Ganglion oticum zu ihm tretenden Faden zusammensetzt, und durch theilweise Vermischung dieser Fäden gebildet wird. Doch können zumal unter der Loupe die beiden stärkeren Nerven, der Petrosus profundus und superficialis major, von ihrer Vereinigung an bis zum Ganglion sphenopalatinum wenigstens in ihren Hauptmassen unschwer von einander unterschieden werden. Der Petrosus superficialis major selbst, von jener Vereinigung an bis zum Knie des Facialis, besteht gewöhnlich aus mehreren Fäden, welche eine ähnliche geflechtartige Verbindung zeigen.

Letzterer Nerve war von Meckel dem Aelteren für ein Ast des Nervus sphenopalatinus gehalten worden, der rückwärts laufe und in das Knie des Facialis sich einsenke. Andere, wie Cloquet und Hirzel, betrachteten ihn als Ast des Ganglion sphenopalatinum und nahmen an, dass er sich an den Facialis nur anlege ohne eine Verbindung mit ihm einzugehen, und ihn als Chorda tympani wieder verlasse. Valentin, Longet, Hyrtl und Andere sehen ihn als gemischten Nerven an, der sowohl aus Fäden des Facialis als aus solchen, die vom Ganglion sphenopalatinum ausgehen, gebildet werde. Einige der vom Facialis kommenden Fäden sollen nach Longet durch das Ganglion sphenopalatinum hindurchtreten und den kleineren Gaumennerven motorische Fasern zuführen. Letztere will Beck[1]) in ihrem Zusammenhang mit dem Facialis dargestellt und auch vom Nervus sphenopalatinus durch das Ganglion rückwärts zum Facialis laufende Fasern wahrgenommen haben, welche in dessen peripherischen Theil übergehen und an dem äusseren Rande dieses Nerven mit ihm durch das Foramen stylomastoideum austreten sollen.

E. Bischoff[2]) leitet ihn weder von Fasern des Trigeminus, noch von solchen des Facialis ab, sondern nimmt an, dass er eine Verbindung zwischen dem Ganglion sphenopalatinum und geniculi darstelle.

L. Prévost[3]) fand nach Exstirpation des Ganglion sphenopalatinum an Hunden den Petrosus superficialis major vollkommen unversehrt in seiner Structur und schliesst hieraus auf Abkunft dieses Nerven vom Facialis. Mittelst Nervendurchschneidung gelangte er ferner zu dem Ergebniss, dass der Nervus vidianus Fäden zu den Muskelnerven des Gaumensegels und zu den Nerven der Nasenschleimhaut, sehr wenige aber zu dem Nervus nasopalatinus sende.

Während man über den Verbreitungsbezirk des Nervus sphenopalatinus und der von dem Ganglion auslaufenden Aeste besser an der Leiche von Erwachsenen zum Ziele gelangt, so ist gerade hier eine Prüfung des Verhaltens der in das Ganglion eingetretenen Nerven in seinem Innern ausnehmend erschwert. Leichteren Aufschluss gewinnt man schon an der Leiche des Neugeborenen, und man kann, wenn man das Praeparat unter der Loupe vollendet, vermittelst Anwendung verdünnter

---

[1]) Anat. Untersuchungen über das VII. und IX. Hirnnervenpaar.
[2]) Mikroskopische Analyse der Anastomosen der Kopfnerven.
[3]) Henle's Bericht über die Fortschritte der Anatomie im J. 1868.

Essigsäure, vorsichtiger Compression, auch schwacher künstlicher Färbung, im glücklichen Falle ohne grössere Schwierigkeit sämmtliche Hauptverhältnisse überschauen. Nach diesen sind Diejeuigen im Rechte, welche behaupten, dass bei weitem die meisten vom Trigeminus aus zugeführten Nervenfasern das Ganglion einfach durchsetzen, dass aber während oder nach dem Durchtritte Faserbündel, die dem Gauglion eigenthümlich sind, an die durchsetzenden Nerven herantreten und ihnen sich zumischen.

Weit leichter gelingt dieser Nachweis bei einigen Säugethieren, unter welchen ich eine grössere Reihe auf die passendsten Objecte untersuchte. Nur über das Ganglion spheuopalatinum der Katze gedenke ich im Folgenden einige Mittheilungen zu machen, welche mit den von L. Prévost zum Theil an demselben Thiere erhaltenen Ergebnissen iu vielen Stücken übereinstimmen.

In das Ganglion sphenopalatiuum der Katze, welches in dem einen Falle eine langgestreckte, in dem anderen eine mehr gedruugene Gestalt besitzt, treten einige Bündel des Nervus sphenopalatinus ein, während die Hauptmasse desselben an dem Ganglion vorbeizieht, von diesem aber eine Reihe feiner Fädchen zugemischt erhält, die sich an verschiedene Bündel des Nerven vertheilen und mit ihm peripherisch weiter laufen. Die eintretenden Aeste, mehrere schwächere und ein stärkerer, durchsetzen nun das Ganglion mit so überwiegender Menge ihrer Fasern und in so deutlicher Weise, dass kaum der eine oder andere feine Faserzug übrig bleibt, der sich innerhalb des Ganglion dem Blicke entzieht. Für diese, wenn auch der directe Nachweis ihrer Verbindung mit den Ganglienzellen nicht geliefert ist, muss diese Möglichkeit offen bleiben. Diese Faserzüge nur nenne ich Wurzelfäden.

Die durchtretenden Nerven verlaufen in geringer Stärke rückwärts und können innerhalb des Nervus vidianus eiue Strecke weit verfolgt werden, bis sie ihn alsdann, wenigstens zum Theil, als Rami pharyngei wieder verlassen. Dass alle rückwärts laufenden Fasern hier austreten, glaube ich aber bezweifeln zu müssen, wie ich später begründen werde. Der grösste Theil der durchtretenden Nerven bildet die Nervi nasales posteriores. Diesen wie den Ramis pharyngeis werden während ihres Durchtrittes durch das Ganglion, noch mehr aber nach demselben starke graue Bündel von schmalen, dunkelrandigen Fasern zugemischt, welche ihren Ursprung nothwendiger Weise entweder in dem Ganglion finden müssen, oder auch in gewisser Menge vom Nervus vidianus abstammen können. Die Fasern dieses Nerven treten alsbald nach ihrem Eiutritt in das Ganglion auseinander, dringen in mehreren Zügen eine Strecke weit gegen die durchtretenden Nerven vor und entziehen sich allmälig dem Blicke. Hiervon macht ein Zweig eine Ausnahme, welcher auf das Deutlichste das Ganglion durchsetzt und mit dem Aste des Nervus sphenopalatinus für den weichen Gaumen sich verbindet. Der Qualität der Fasern nach ist dieser Zweig aus dem Petrosus superficialis major abzuleiten. Ob andere Fasern dieses Nerven Wurzelfasern darstellen und mit den Zellen des Ganglion in Verbindung treten, liess sich nicht entscheiden.

Das Ganglion sendet noch einige graue Fäden aus, welche zur Nasenscheidewand und zur Orbita ziehen. Der Hauptmasse nach gehören auch diese Fasern zu den schmalen, dunkelrandigen. Spärliche von doppelter Breite sind ihnen beigemischt.

Es liegt zu nahe, ähnliche Befunde beim Menschen mit Vorsicht hiernach zu ergänzen, als dass ich es weiter versuchen sollte.

Ganglion oticum.

Ueber die Wurzeln des Ganglion.

Begnügt man sich selbst vorläufig damit, jene Nerven, welche von einem anderen Nervencentrum zu einem Ganglion gelangen, aber nicht. über dasselbe hinaus verfolgt werden können, als dessen Wurzeln zu betrachten, ohne dass man den Beweis ihres Zusammenhanges mit den Nervenzellen des Ganglion forderte, so ist es gleichwohl auch hier mit grossen Schwierigkeiten verknüpft, über alle angeblichen Wurzelfäden desselben bestimmten Aufschluss zu erhalten. Man pflegt nach dem Vorgang von F. Arnold,[1]) der im Jahre 1826 das Ganglion oticum entdeckte, anzunehmen, dass mehrere Fäden, welche theils von der inneren Fläche des dritten Trigeminus-Astes, theils vom Anfangsstück des Nervus pterygoideus internus kommen und in die äussere Fläche des Ganglion sich einsenken, Wurzelfäden desselben darstellen. So leicht es in den meisten Fällen ist, vom Trigeminus her in das Ganglion eintretende Nervenfäden wahrzunehmen, und so leicht man andererseits zu der Täuschung veranlasst werden kann, alle diese als Wurzeln zu betrachten, so muss ich dennoch beistimmen, dass der dritte Ast des Trigeminus feine Wurzelfäden für das Ganglion liefere.

Das Ganglion oticum liegt bekanntlich an der inneren Fläche des eben genannten Nerven, nahe unter dem Foramen ovale, und ist an ihn vermittelst einer bindegewebigen Hülle mehr oder weniger dicht angeheftet. Seine Gestalt ist länglichrund, von aussen nach innen plattgedrückt, gegen die Hauptäste hin allmälig auslaufend. Sein längster Durchmesser beträgt durchschnittlich 4 $^{mm.}$ In anderen, ziemlich häufigen Fällen ist seine Masse in zwei gleich- oder verschieden grosse Lappen abgetheilt, deren Mittelstück bis auf eine schmale, zarte, mitunter beträchtlich ausgezogene Brücke verringert sein kann. Gerade an diesem Mittelstück lässt sich hie und da eine äusserst regelmässige, auf kleine polygonale Felder vertheilte, oder zu einem feinen, vieldurchbrochenen Netz ausgesponnene Lagerung der Nervenzellen beobachten. Auch am übrigen Körper des Ganglion erkennt man mitunter statt einer scheinbar regellosen Anhäufung von Nervenzellen eine Ordnung der-

---

[1]) Diss. inaug. de parte ceph. n. sympathici, Heidelberg 1826. — Ueber den Ohrknoten, Heidelberg, 1828. — Der Kopftheil des vegetativen Nervensystems, Heidelberg, 1830. — Handbuch der Anatomie des Menschen, Bd. II.

selben auf viele, durch Ausläufer untereinander zusammenhängende Gruppen. Etwas Aehnliches findet sich am Ganglion oticum des Kalbes, bei welchem jener Anordnung kleine oberflächliche Hervorragungen neben seichten Vertiefungen zu entsprechen pflegen. An irgend einer oder mehreren Stellen findet man an ihm kleine Löcher für Nerven und Gefässe, welche bis zu einer gewissen Tiefe dringen oder durchbohren.

Beim Menschen ist das Ganglion gewöhnlich weich und leicht zerreisslich. Seine Farbe ist grauröthlich; doch ist sie nicht selten bei älteren Individuen durch starke Pigmentirung der Nervenzellen schwarzgrau geworden. Diese dunkle Farbe erstreckt sich alsdann nur wenig vermindert auf die Aeste des Ganglion fort, und bietet Gelegenheit, ohne zu vieles Praepariren die Verästelung überblicken zu können. Doch kann man auch künstliche Färbung in anderen Fällen hiefür verwenden.

In nächster Berührung mit der äusseren Fläche des Ganglion steht der Nervus pterygoideus internus, welcher, von der inneren Fläche des dritten Trigeminus-Astes entspringend, zwischen dieser und dem Ganglion oder durch das letztere hindurch zu dem von ihm zu versorgenden Muskel hinab läuft. Für die Praeparation macht das zwischen einem Fortsatz der äusseren Platte des Gaumenflügels und der Spina angularis des Keilbeins ausgespannte sogenannte Ligamentum pterygospinosum Civinini einige Schwierigkeit, an dessen innerer Fläche das Anfangsstück des Nervus pterygoideus internus anliegt.

Der erste Ast dieses Nerven ist der Nervus tensoris tympani, welcher das Ganglion durchbohrend oder über seine innere Fläche laufend nach rück- und aufwärts zum Spanner des Trommelfells gelangt und in diesen sich einsenkt. Hierauf, oder mit dem vorigen zu einem kurzen Stämmchen vereinigt, entspringt der Nervus tensoris veli palatini, der auch in mehrere nacheinander vom Stamme des Nervus pterygoideus internus sich loslösende Aeste zerfallen kann.

Zur Untersuchung dieser und der weiteren Verhältnisse ist es nicht zu umgehen, möglichst unter der Loupe zu arbeiten. Präparirt man auf diese Weise das Ganglion vorsichtig vom Ramus maxillaris inferior ab, so sieht man den Nervus tensoris tympani mitunter nicht als einfachen Zweig vom Nervus pterygoideus internus abtreten, sondern sich aus zwei getrennten feinen Fäden jenes Nerven zusammensetzen. Noch öfter lässt sich diess für die Zusammensetzung des Nervus pterygoideus internus selbst nachweisen; er entspringt nur selten als fertiger Ast, sondern meist treten aus dem Ramus maxillaris inferior mehrere anfangs getrennte Fäden zur Bildung des Nerven zusammen, die sich selbst erst im Ganglion vereinigen können. Einige, eine Strecke weit in der Richtung des Nervus pterygoideus internus laufende Fäden können nach unten wieder an den Stamm selbst zurücktreten. Bei hohem Ursprung durchbohrt der Nervus tensoris veli palatini mit mehreren Zweigen das Ganglion. Der Nervus tensoris tympani zerfällt hie und da innerhalb des Ganglion in zwei Aeste, welche getrennt austreten. Ausserdem hat man Rücksicht zu nehmen auf den aus dem Ramus maxillaris inferior selbst oder dem obersten Theile des Nervus auriculo-temporalis entspringenden und hie und da das Ganglion durchbohrenden Nervus spinosus. Unter vorsichtiger Anwendung des Compressorium auf das passend gelegte Object glaubt man nun wohl oft den Durchtritt aller zugeführten Nervenfasern zu überblicken. An günstigen Präparaten, solchen, bei welchen das Ganglion entfernter vom Stamme liegt, zeigt sich nun aber dennoch, dass von diesem oder jenem Faden ein weisser Faserzug sich loslöst, von dessen Durchtritt man sich nicht überzeugen kann. Ihrer Abkunft nach sind diese Fasern, soweit sich sehen lässt, der motorischen Portion des Trigeminus zugehörig.

Unter den Nerven, welche das Ganglion oticum mit anderen Nervencentren in Verbindung setzen, sind ferner zu betrachten die sogenannten Nervuli sphenoidales. Ueber diese besitzen wir die ersten Angaben von Bidder[1] Krause[2] und Fäsebeck.[3] Bidder sah einen Zweig des Nervus vidianus im Canalis vidianus vom Hauptstamme ab die Masse des Keilbeinkörpers durchdringen und sich unmittelbar in den oberen Theil des Ganglion oticum einsenken, der das Ansehen sympathischer Nerven hatte. Einen ähnlichen Verbindungszweig bemerkte er später noch einmal, mit dem Unterschiede in seiner Anordnung, dass er vom Nervus vidianus erst abging, nachdem dieser in die zwischen Keilbein und Felsenbein gelegene Bindegewebsmasse gelangt war.

Nach C. Krause steht das Ganglion oticum mit dem Ganglion sphenopalatinum in Verbindung durch einen zarten Zweig, welcher durch den Canaliculus sphenoidalis internus in das hintere Ende des Canalis vidianus eintritt und mit dem Nervus petrosus profundus sich vereinigt oder an diesen anlegt; mit dem Ganglion Gasseri aber durch einen zarten Nervulus sphenoidalis externus, welcher sich in die innere Fläche des Ganglion gasseri senkt.

Meine Beobachtungen bestätigen das Vorhandensein beider Nervuli sphenoidales. Die Canaliculi sphenoidales selbst zeigen nicht überall dieselbe Anordnung. Zwischen dem Sulcus tubae Eustachii und dem Gaumenflügel des Keilbeins mit feinen öfters spaltenförmigen Oeffnungen beginnend, steigen sie im Knochen nach aufwärts und münden der äussere zwischen Lingula und Foramen rotundum, an der Schädelfläche des grossen Keilbeinflügels, der innere in den hinteren Abschnitt des Canalis vidianus. Der äussere scheint beständig zu sein, der innere fehlt nicht selten. Doch sah ich in einem Falle, dass die äussere allein vorhandene untere Mündung nach aufwärts in zwei Kanäle auslief, welche auf die gewöhnliche Weise endeten. Nach diesen Verschiedenheiten ändert sich auch der Verlauf der Nerven, welche die vorhandenen Knochenkanäle zum Durchtritt benützen.

Die Nervuli sphenoidales entspringen als feine graue Fäden, deren Anfangs-

---

[1] Neurologische Beobachtungen, Dorpat 1836.
[2] Handbuch der menschlichen Anatomie, Hannover 1848.
[3] Die Nerven des menschlichen Kopfes, Braunschweig 1840.

stücke vereinigt sein können, aus dem oberen vorderen Abschnitt des Ganglion oticum und treten nach kurzem auf- und vorwärts gerichtetem Verlauf in ihre Kanäle ein. Regelmässig sind sie von Gefässzweigen begleitet, die an Durchmesser stärker sind und beim Aufsuchen der Nerven zur Leitung dienen können. Fehlt der innere Kanal, so liegt der Nervulus sphenoidalis internus ein wenig weiter rückwärts, durchsetzt die fibröse Masse des Foramen lacerum und gelangt auf diese Weise zum Nervus vidianus. Kurz bevor er diesen erreicht, pflegt er sich zu theilen. Ein Faserzug tritt nach vorne und verläuft im Nervus vidianus gegen das Ganglion sphenopalatinum. Der stärkere hintere Ast verläuft rückwärts im Nervus petrosus superficialis major gegen das Ganglion geniculi. Einigemal zweigte sich ein Ast von jenem Faserzug ab, welcher in den Nervus petrosus profundus major eintrat und auf das Deutlichste in demselben rückwärts verlaufend gesehen werden konnte. Gerade an der Stelle, wo der Nervulus sphenoidalis internus den Nervus vidianus erreicht, befindet sich öfter eine kleine Anhäufung von Ganglienzellen, welche die deutliche Wahrnehmung des Faserverlaufes erschwert. Unter sechs Präparaten, die ich über die beschriebene Verbindung aufbewahre, ist das kleine Ganglion dreimal vorhanden. Bei einem Präparate befindet sich das Knötchen am Nervus petrosus superficialis major.

Möglicherweise ist dieses Ganglion und das sogenannte Ganglion caroticum Einiger ein und dasselbe. Genauere Angaben hierüber finden sich namentlich bei Laumonier, Lobstein und Hirzel, welche einen kleinen Knoten beschrieben, der an der Theilungsstelle des äusseren Astes des carotischen Nerven vorkomme. Eine Abbildung Hirzel's stimmt mit meinen Beobachtungen in einigen Beziehungen überein.

Um sich über die Verhältnisse dieses Nerven nicht zu täuschen, ist es, wie sich später zeigen wird, nothwendig, den an demselben Präparate dargestellten Verlauf des Nervus petrosus superficialis minor zu überschauen.

Anders verhält sich der feine Nervulus sphenoidalis externus, von dem ich nicht habe wahrnehmen können, dass er, wie Krause angibt, mit dem Ganglion Gasseri sich verbinde. Sondern er schien mir zu den zurücklaufenden Nerven des Trigeminus zu gelangen und diesen sympathische Fasern zuzuführen.

Ferner gehört hieher die Betrachtung des Nervus petrosus superficialis minor. Man pflegt diesen von Arnold entdeckten Nerven, dessen häufig beschriebene Geschichte ich hier nicht wiederhole, entweder als einen Ast des Ganglion oticum aufzuführen, der in die Fortsetzung des vom Ganglion petrosum nervi glossopharyngei stammenden Nervus tympanicus übergehe, oder umgekehrt als einen Ast und die Fortsetzung des Nervus tympanicus, der sich in das Ganglion oticum einsenke. Den Nervus tympanicus werde ich noch später zu berühren haben. Hier ist zunächst der Theil des Nerven zu untersuchen, welcher sich vom Ganglion oticum über die obere Fläche des Felsenbeines erstreckt.

Er entwickelt sich aus dem hinteren oberen Abschnitt des allmälig sich verschmächtigenden Ganglion oticum mit einer oder zwei starken Wurzeln, die nach kürzerem oder längerem Verlaufe in ein Stämmchen zusammenfliessen. Auf und rückwärts ziehend begibt er sich entweder durch ein feines Kanälchen zwischen Foramen ovale und spinosum, oder noch häufiger durch die Fissura spheno-petrosa in die Schädelhöhle, läuft auf der oberen Fläche des Felsenbeines, nach aussen vom Petrosus superficialis major, bis in die Nähe des Kniees des Canalis facialis und von hier aus durch ein zwischen diesem und dem Sulcus tensoris tympani befindliches Kanälchen abwärts auf das Promontorium, wo er in den oberen Ast des Nervus tympanicus übergeht. Jenes Kanälchen besitzt nach vorne nicht selten eine grössere Länge, so dass nur der vorderste Abschnitt des Nerven in der Schädelhöhle liegend gefunden werden kann.

Von der Mehrzahl der Autoren wird angegeben, dass vom Petrosus superficialis minor, bevor er sich nach abwärts zur Trommelhöhle wendet, ein Verbindungsfädchen zum Knie des Facialis gelange. Einige lassen es vom Petrosus superficialis minor zum Facialis, Andere von diesem zu jenem treten. Nach Arnold entsteht dieses Fädchen am äusseren Theile des Ganglion geniculi, begibt sich nach vorne und aussen und geht nach kurzem Verlauf die genannte Verbindung ein B. Beck bestritt das Vorhandensein dieses Fadens und erklärte den vermeintlichen Verbindungsast für eine Gefäss-Anastomose. Zu demselben Ergebnisse kam E. Bischoff.[1]) Doch gelang es dem Letzteren späterhin[2]) einen feinen Faden vom Petrosus superficialis major gegen den Ohrknoten verlaufen zu sehen. W. Krause[2]) dagegen lässt den vom Knie des Facialis entspringenden Faden den entgegengesetzten Weg einschlagen und im Petrosus superficialis minor rück- und abwärts verlaufen.

Ueber die Beziehungen des Kniees des Facialis und des Petrosus superficialis major zum Petrosus superficialis minor besitze ich eine Reihe von Praeparaten, welche ausser der Bestätigung eines Verbindungs-Zweiges das Folgende ergaben. In vier Fällen verläuft der Verbindungszweig vom Knie des Facialis zum Petrosus superficialis minor in der Richtung gegen das Ganglion oticum. In einem Falle verläuft er rückwärts in der von Krause angegebenen Weise; einen Faserzug, der ausserdem gegen das Ganglion oticum verliefe, konnte ich hier nicht nachweisen. In einem anderen Falle findet sich an der Einmündungsstelle des Verbindungs-Zweiges in den Petrosus superficialis minor eine Anhäufung von Nervenzellen, die es unmöglich macht, den Faserverlauf mit Sicherheit zu verfolgen.

Auf einen anderen feinen Nervenfaden, der mitunter zwischen dem Knie des Facialis und den Nerven, welche die Arteria meningea media begleiten, wahrgenommen wird, werde ich alsbald zurückkommen.

---

[1]) Anastomosen der Kopfnerven. S. 26.
[2]) Henle und Pfeufer's Zeitschrift für rat. Med. Bd. XIX. Hft. 2.

Als sympathische Wurzel des Ganglion oticum beschrieb Arnold
einen Zweig, welcher aus dem sympathischen Geflechte um die Arteria maxillaris
interna stammen, mit der Arteria meningea media zum Ganglion gelangen und in
dessen hinteren Theil sich einsenken soll. Ich muss bezweifeln, dass ein solcher Nerve
vorhanden sei. Wohl erstrecken sich feine Fädchen, wie man mit bewaffnetem Auge
erkennt, an der Arteria meningea media nach aufwärts. Ich habe jedoch nicht
wahrnehmen können, dass aus dieser Quelle stärkere als vasomotorische Nerven für
seine eigenen nicht unbeträchtlichen Gefässe an das Ganglion herantreten.

Aeste des Ganglion.

Bringt man das Ganglion mit seiner näheren Umgebung, losgelöst vom dritten Aste des Trigeminus, nach Aufhellung des Bindegewebes und unter Anwendung
eines Compressorium unter die Loupe, so ist man erstaunt über die grosse Zahl von
stärkeren und feineren Zweigen, welche von allen Seiten ausstrahlen. Es kann nicht
daran gedacht werden für jeden feinen Faden das genaue Ziel anzugeben; doch vereinigen sie sich schliesslich gröstentheils zu mehreren Gruppen, deren Verlauf meist
mit Sicherheit zu bestimmen ist.

Der stärkste Zweig ist beim Menschen der schon von Arnold beschriebene
Ramus ad nervum auriculo-temporalem. Er tritt meist mit mehreren Wurzeln vom
hinteren unteren Abschnitt des Ganglion ab und zerfällt bald in eine Reihe von
Aesten, welche über die äussere und innere Fläche der Arteria meningea media hin-
wegziehen und in beide Wurzeln des Nervus auriculo-temporalis in peripherischer
Richtung ausstrahlen. In manchen Fällen können die für beide Wurzeln dieses Nerven bestimmten Aeste über längere Strecken an dem Nerven verfolgt werden, bis sie
durch allmälige Abgabe feiner Reiser verjüngt dem Blicke sich entziehen. Nach neu-
eren physiologischen Versuchen soll dieser Ast zur Ohrspeicheldrüse gelangen.

Vom unteren vorderen Theile des Ganglion entspringen die bereits von Arnold, Valentin und Anderen gesehenen Verbindungsfäden mit der Chorda tympani. Die genauesten Angaben hierüber machte E. Bischoff. Nach ihm stellen die
betreffenden Fädchen ein kleines Geflecht dar, in welches Ganglienkugeln eingestreut
sind. Die Mehrzahl der aus dem Geflechte hervorgehenden Fäden schliesst sich an
die Chorda peripherisch an; einige aber laufen in centraler Richtung in die Chorda
ein. Dieses Ergebniss kann ich in allen Puncten bestätigen. Ob die peripherisch zur
Chorda tretenden Fäden Verbindungsglieder zwischen dem Ganglion oticum und dem
Ganglion submaxillare darstellen oder zu anderem Ziele gelangen, lässt sich nicht angeben. Die centralwärts eintretenden Fasern treten nach Bischoff's Beobachtungen über das Verhalten der Chorda zum Facialis, möglicherweise peripherisch in den
Facialis über.

Vom unteren vorderen Theile des Ganglion entspringen noch mehrere Fäden,
von welchen einige peripherisch in den Nervus buccinatorius übergehen. Einige andere aber pflegen hier neben den vom dritten Aste des Trigeminus eintretenden

Aesten schwer zu entwirrende, nervenzellenführende Plexus zu bilden, aus welchen vielleicht feine Fädchen peripherisch in den Nervus pterygoideus internus und tensoris veli palatini gelangen. Man sieht wenigstens solche Fädchen eine Strecke weit neben dem einen oder anderen Nerven herablaufen, und hie und da selbst Verbindungen eingehen. In einigen Fällen schien ein graues Fädchen in centraler Richtung in den Nervus pterygoideus internus oder den Stamm des dritten Astes selbst einzulaufen. Vom vorderen Rande des Ganglion entspringen feine Zweige, welche mit Gefässen gegen die Wurzel des Gaumenflügels des Keilbeins und die Fossa pterygoidea treten und anscheinend in den Knochen dringen.

Vom oberen Umfange des Ganglion, zwischen der Abgangsstelle der Nervi sphenoidales und des Petrosus superficialis minor lassen sich feine nach aufwärts steigende Fädchen wahrnehmen, welche den Ursprungstheil des Musculus tensor veli palatini durchbohren und vielleicht zur Tuba gelangen.

Neben oder mit dem Petrosus superficialis minor entspringt regelmässig ein feiner Faden, welcher gegen das Foramen spinosum zieht und oft schon auf diesem Wege Verbindungen mit dem von Luschka[1]) beschriebenen Nervus spinosus eingeht. Mit diesem gelangt er darauf in die Schädelhöhle, um in dessen Bahnen überzugehen.

Bidder[2]) hatte angegeben, dass von jenem Geflechte, welches die Arteria meningea media unmittelbar nach ihrem Eintritt in die mittlere Schädelgrube umgebe, ein Faden sich ablöse und in das Ganglion geniculi einsenke. Ich selbst habe wiederholt einen sehr feinen Zweig den gleichen Verlauf nehmen sehen. Ich glaube nicht, dass er beständig sei, kann aber nach dem Vorausgehenden nichts Auffallendes an seinem Vorkommen finden.

Bereits oben bezeichnete ich als den Nerven, welcher den Musculus tensor tympani versorgt, einen Ast des Nervus pterygoideus internus. Früher schon von Comparetti beobachtet, wurde er von Schlemm[3]) zuerst genauer untersucht. In seiner Beschreibung des Ganglion oticum hatte Arnold anfänglich den Nerven für den Musculus tensor tympani von dem Ohrknoten abgeleitet. Später bestätigte er, dass der Nervus pterygoideus internus den Muskel versorge, gab aber an, dass noch ein zweiter Zweig, der vom Ganglion oticum entspringe, zu dem Muskel gelange. J. Müller[4]) sah den Ursprung des Nervus tensoris tympani beim Menschen und beim Kalbe vom Nervus pterygoideus internus erfolgen; er laufe beim Menschen ganz oberflächlich durch das Ganglion, scheine sich aber mit Fäden, die aus dem Ganglion kommen, zu verbinden. Longet[5]) und Beck[6]) nehmen an, dass der Nerve allein aus dem Ohrknoten stamme.

---

[1]) Die Nerven der harten Hirnhaut. Tübingen 1850. und Arnold, Wiener med. Jahrbücher 1861.

[2]) Neurologische Beobachtungen.

[3]) Frorieps Notizen 1830.

[4]) Ueber das Ganglion oticum. Meckel's Archiv 1832.

[5]) Système nerveux, tom. 2. p. 144.

[6]) Untersuchungen über das VII. unp IX. Hirnnervenpaar.

Beim Schafe und Kalbe finden sich nach L u s c h k a [1]) zwei Nerven für den Muskel vor. Man gewahre leicht den Zweig aus dem Ganglion, bisweilen auch den aus dem Nervus pterygoideus internus. Der Nerve aus dem Ohrknoten sei grauröthlich und weicher und meist voluminöser, als der andere.

Man sollte denken, die Entscheidung dieser Frage könne nicht allzuschwer sein; indessen ist immer grosse Sorgfalt erforderlich, bei der Feinheit der Theile ein Präparat in der Weise herzustellen, dass es unter der Loupe vollendet werde. Einige der besonders zu beachtenden Verhältnisse sind bereits oben angegeben worden. Es ist ausserdem unbedingt nothwenig, den Petrosus superficialis minor vom Ganglion oticum bis zur Trommelhöhle mit-zu untersuchen. Was zunächst den Menschen betrifft, ist zu berücksichtigen, dass der Nervus tensoris tympani schon innerhalb des Ganglion oticum sich theilen kann. Sodann, dass der Petrosus superficialis minor sehr häufig doppelwurzelig aus dem Ganglion oticum hervorgeht und zuweilen erst hoch oben in ein einziges Stämmchen zusammentritt. Diese Umstände können zur Täuschung leicht Veranlassung geben.

Dagegen ist es allerdings kein seltener Fall, eine streckenweise Aneinanderlagerung einer Wurzel oder des ursprünglich einfachen Nerven an den Nervus tensoris tympani wahrzunehmen. Diese Aneinanderlagerung sah ich in einem Falle so sehr ausgebildet, dass nur ein günstiger Zufall vor Täuschung schützte. Denn etwa die Hälfte des Stammes des Petrosus superficialis minor verlief in der Bahn des Nervus tensoris tympani bis etwa zur halben Muskellänge; erst hier erfolgte der Rücktritt jener Fasern zum ursprünglichen Stamme. Dass nicht aber feine, aus dem Ganglion entsprungene Faserzüge, in ähnlicher Weise, wie es bei dem Nervus pterygoideus internus und tensoris veli palatini der Fall ist, zum Nervus tensoris tympani gelangen, will ich nicht läugnen. Diese werden aber die Uebereinstimmung der räthselhaften Bedeutung solcher Fasern theilen. Dass auch die übrigen Muskelnerven Fäden erhalten, gelang mir bisher nicht aufzufinden.

Die gegebene Aufstellung wird bekräftigt durch Beoachtungen an Thieren, von welchen ich das Ganglion oticum des Kalbes, Schafes, der Ziege und Katze auf diese Verhältnisse genauer untersucht habe. Ich nehme jedoch nur zu der Bemerkung Anlass, dass auch beim Kalbe der Nervus petrosus superficialis minor sehr gewöhnlich mit zwei Wurzeln entspringt, einer stärkeren, die innerhalb des Ganglion in viele Aeste zerfällt, und einer schwächeren, in welche die hintere Spitze des Ganglion ausläuft. Deren Vereinigung erfolgte das eine Mal früher, das andere Mal später, nachdem in einigen Fällen die schwächere Wurzel vorher noch eine kleine gangliöse Anschwellung gebildet hatte. Ich halte es aber auch für möglich, dass hie und da eine Vereinigung nicht erfolgt, indem mir die schwächere Wurzel einmal mit einem Faden des Nervus caroticus zusammenzufliessen schien. Neben diesen beiden

---

[1]) Archiv für physiologische Heilkunde 1870.

Nerven verlänft der gespaltene oder ungespaltene Stamm des Nervus tensoris tympani zu seinem Muskel, während jene über den Muskel hinweggehen.

Was die Trigeminus-Wurzel dieses Ganglion beim Kalbe betrifft, so ist im Verhältniss zu seiner bedeutenden Grösse auch hier die geringe Zahl eigentlicher Wurzelfasern hervorzuheben. Sie entspringen theils aus dem Nervus pterygoideus internus oder aus dessen Zweig für den Trommelfellspanner, theils aus dem Stamme des dritten Trigeminus-Astes selbst. Auch hier gehen feine vom Ganglion kommende Faserzüge in den peripherischen und centralen Theil des Nervus pterygoideus internus über. Der grosse vordere Fortsatz des ringförmig den dritten Ast umschliessenden Ganglion tritt bekanntlich mit vielen Fäden, welche von den Bündeln des Nervus pterygoideus externus gekreuzt werden, in den Nervus buccinatorius ein. Von letzterem ausgehende Wurzelfäden, die J. Müller annimmt, habe ich bis jetzt nicht wahrgenommen.

Das Ganglion oticum der Katze fand ich in beiden Hälften desselben Kopfes je aus fünf durch Nervenfäden miteinander verbundenen kleinen Ganglien gebildet, von welchen eines an Grösse die übrigen übertraf.

Arnold glaubte, zwischen der Grösse des Ganglion oticum und der des äusseren Ohres der verschiedenen Thiere einen Zusammenhang zu erkennen. Hierüber kann ich bei der geringen Zahl der von mir untersuchten Thierarten nichts aussagen. Bei den Vögeln konnte ich, wie Arnold, das Ganglion nicht finden.

Der Petrosus superficialis minor enthält zum grössern Theil mitteldicke, in geringerer Menge dunkelrandige feine Nervenfasern. Dagegen führen alle Aeste des Ganglion vorwiegend feine blasse Fasern, neben einzelnen mitteldicken markhaltigen.

Deutlicher noch als beim Ganglion sphenopalatinum und ohne Zählung der Fasern zeigt sich hier, dass das Ganglion nothwendig zahlreichen Fasern den Ursprung geben müsse; selbst wenn man sämmtliche Wurzelfasern als zugeführte betrachten wollte.

Es gelangen, wie sich weiter zeigt, Ganglienfasern nicht blos zu gewissen ventralen Zweigen des dritten Trigeminus-Astes, sondern auch zu dorsalen, in welcher Beziehung der Nervus auriculo-temporalis, und unter den hiehergehörigen Rami recurrentes des Schädels der Nervus spinosus zu erwähnen ist.

Arnold hatte die Ansicht ausgesprochen, dass das Ganglion oticum das Centralorgan für die automatischen Bewegungen des Trommelfelles darstelle (Kopftheil des Sympathicus S. 174). Nach dem Obigen kann ich dieser Ansicht nicht zustimmen, sondern glaube, dass die Function des Ganglion oticum, welches auch ich zum sympathischen Systeme rechne, mit der Function dieses Systemes überhaupt zusammenfalle.

Ganglion geniculi.

So wenig mühevoll im Allgemeinen die Praeparation des von A r n o l d zuerst genauer beschriebenen Ganglion geniculi ist, so schwierig gestaltet sich die Lösung der scheinbar rasch zu erledigenden Frage, welche Nerven von centraler Stelle her in dasselbe eintreten, welche dasselbe einfach durchsetzen oder mit seinen Nervenzellen in Verbindung treten.

Das Ganglion geniculi liegt bekanntlich als niedrige kegelförmige Anschwellung auf der convexen Seite der knieförmigen Beugung des Nervus facialis, mit der Spitze gegen den Hiatus canalis facialis gerichtet. Man nimmt an, dass nur die kleinere Portion des Facialis, die sogenannte Portio intermedia Wrisbergi oder nach H e n l e kurz der Nervus intermedius, in die Bildung dieses Ganglion eingehe, während die grössere Portion des Facialis an ihm vorüberziehe.

Die Spitze des Ganglion nimmt den Nervus petrosus superficialis major auf, welcher in demselben eine geflechtartige Auflösung seiner Fäden erfährt. Zwischen diesen finden sich zahlreiche Ganglienzellen eingestreut. Die bemerkenswerthesten Ansichten, die über den Ursprung und die Zusammensetzung des Petrosus superficialis major zu Tage getreten sind, habe ich bereits früher aufgeführt. Vor jedem weiteren Schritte ist es aber geboten, den Nervus intermedius selbst genauer zu untersuchen.

Dieser Nerve wird, wiewohl im Ursprunge getrennt, dennoch allgemein zum Facialis gerechnet. Man sieht ihn beim Menschen entweder gesondert zwischen den Austrittsstellen des Nervus facialis und acusticus an der Oberfläche des Gehirnes hervortreten, oder neben und mit einem dieser beiden Nerven. Diesen zugesellt gelangt er gegen den inneren Gehörgang und durchschreitet denselben, während er mit dem Facialis sich vereinigt und mit ihm in einer am vorderen oberen Umfang des Acusticus befindlichen Furche liegt.

Mit nicht geringem Interesse hat man seit langer Zeit die Anastomosen verfolgt, welche zwischen Facialis und Acusticus während ihres Verlaufes zum Grunde des inneren Gehörganges stattfinden sollen. Viele Autoren seit W r i s b e r g hatten deren Vorkommen bestätigt, Andere sie für scheinbar erklärt. Am genauesten wurden sie von A r n o l d[1]) und V a l e n t i n[2]) beschrieben, welche eine doppelte, eine innere und äussere annehmen. Die i n n e r e gehört der kleinen Wurzel des Facialis zu und besteht in einem oder mehreren dünnen Fäden, welche im inneren Gehörgang, zuweilen schon vor dem Eintritt in denselben, von dem Facialis abgehen und sich mit dem Nervus vestibuli vereinigen. Die ä u s s e r e besteht in einem einfachen oder doppelten, meist sehr feinen Faden zwischen dem Knie des Facialis und dem Nervus vestibuli. An der Verbindungsstelle mit dem Letzteren

---

[1]) Handbuch der Anatomie. Bd. II.   [2]) Hirn- und Nervenlehre. Leipzig 1841.

befindet sich eine grauröthliche Erhabenheit Der Faden spaltet sich an der Verbindungsstelle in mehrere Fädchen, welche mit dem Petrosus superficialis major und wie es scheint auch mit dem minor im Zusammenhang stehen. Dieser Verbindungsfaden enthält zum Theil sehr schmale, vielleicht · sympathische Nervenfasern. Nach Valentin geht der grössere Theil dieses Verbindungsfadens vom Acusticus zum Facialis, der kleinere aber, welcher von beiden oberflächlichen Felsenbeinnerven herkomme, umgekehrt von diesem zu jenem.

Beck[1]) fand in 27 Fällen nie beide Verbindungen zugleich, sondern entweder die eine oder die andere. Oefter sah er bei der inneren Anastomose die Fäden vom Acusticus zum Facialis, seltener umgekehrt verlaufen. Nur einmal sah er die grauröthliche Erhabenheit. Er hält die Verbindungen nicht für bestimmte, sondern für mehr zufällige und glaubt, dass durch die Anastomosen nur ein Austausch der Nervenfasern stattfinde. Facialis und Acusticus entspringen in grosser Nähe, und es sind desshalb oft Fasern des Facialis mit dem Acusticus anfänglich gemischt oder umgekehrt. Gelangen aber beide Nerven an den Ort ihrer Trennung und weiteren Bestimmung, so gehen diese Fädchen zu ihrem ursprünglichen Stamme zurück und mit demselben weiter.

Nach Sappey[2]) wird die scheinbare Anastomose durch das Verhalten der Portio intermedia vermittelt. Diese bestehe aus zwei Fasern, deren eine anfangs an den Acusticus, die andere an den Facialis angelegt sei; sie treten aber dann zu einem Stämmchen zusammen. Dieses Stämmchen soll sich am Anfang des Canalis facialis durch ein oder zwei Fädchen mit dem Stamme des Facialis verbinden und zuletzt mit dem Ganglion geniculi vereinigen.

Auch Bischoff[3]) findet eine innere und eine äussere Anastomose, welche durch die Portio intermedia vermittelt wird. Die meisten ihrer Fasern vereinigen sich schliesslich mit dem Facialis; einige derselben schliessen sich aber häufig auch bleibend an den Nervus vestibuli an. Unterwegs bringen sie bald eine Verbindung vom Facialis zum Acusticus, bald von diesem zu jenem zu Stande. Gerade in dem Wechsel und der Verschiedenheit in diesem Punkte glaubt er die Berechtigung zu sehen, einen wahren Uebergang der Fasern des einen Nerven zum andern zu läugnen. Auch bei der äusseren Anastomose gehen die Fasern bald vom Acusticus zum Facialis, bald umgekehrt, auch beides zugleich, und kehren nur zu ihrer durch den Ursprung bedingten Bestimmung zurück. Er sah die Fasern der äusseren Anastomose mehrmals bis zum Knie des Facialis hinlaufen, glaubt aber nicht, dass ein Zusammenhang mit beiden Nervi petrosi gegeben sei.

Es bedarf gewiss vieler Vorsicht, dieser Reihe in Vielem übereinstimmender

---

[1]) Untersuchungen über das VII. und IX. Gehirnnervenpaar.
[2]) Anatomie, t. II. p. 252.
[3]) Anastomosen der Kopfnerven.

Beobachtungen mit anderer Meinung entgegenzutreten; um so mehr, als ich nur eine geringere Zahl im Zusammenhange mit dem betreffenden Gehirntheile untersuchter Praeparate vom Menschen aufzuweisen habe. Es sind deren übrigens vier, und die Beobachtungen so bestimmt, dass sie keinen Zweifel übrig zu lassen scheinen.

Bezüglich der Art des Austrittes des Nervus intermedius an die Gehirnoberfläche mit den früheren Beobachtern übereinstimmend nehme auch ich eine doppelte Anastomose an, eine innere und eine äussere, halte jedoch die innere für eine scheinbare, die äussere für eine wirkliche. Die innere ist hervorgebracht durch das Verhalten des Nervus intermedius, zu welchem das eine Mal Fäden gelangen, die mit dem Acusticus verlaufen und scheinbar aus ihm stammen; welcher aber ein anderes Mal Fäden, die mit ihm verlaufen und scheinbar den gleichen Ursprung haben, weiter innen oder aussen an den Acusticus abgibt. Ich glaube nicht, dass ursprüngliche Fasern des einen Nerven in den andern bleibend übergehen. Diess ist nun allerdings kein Ergebniss reiner Beobachtung, sondern theilweiser Reflexion; doch werde ich den Grund alsbald angeben, der zu dieser Annahme führen muss.

Die äussere Anastomose ist eine wirkliche, als welche sie bereits von Arnold geschildert wurde. Sie wird gebildet durch zwei bis drei Fädchen, welche vom Knie des Facialis oder oberhalb desselben ausgehen und zum Nervus vestibuli gelangen. Arnold lässt sie mit einer am Nervus vestibuli befindlichen grauröthlichen Erhabenheit sich verbinden. Gerade diese ist es, mit welcher ich mich eingehender zu beschäftigen habe.

Die ersten Spuren der Kenntniss dieses Gebildes finden sich bei Scarpa, welcher in seinen Disquisitiones de auditu et olfalctu von den Zweigen des Nervus vestibuli sagt: Haud infrequens est, nerveos hos funiculos, saepius vero majorem, qua primum abscedere incipiunt a plexuoso nervi auditorii strato, cellulosam rubellam succosam admixtam gerere, ob quam tumiduli per aliquod spatium evadunt, et speciem quandam exhibent exiguorum gangliorum. In einer Abbildung bezeichnet er den betreffenden Theil gangliformis intumescentia.

Hierauf spricht Arnold[1]) von einer am oberen Zweig des Vorhofnerven befindlichen grauröthlichen Erhabenheit, mit welcher die Fäden der erwähnten äusseren Anastomose zwischen Facialis und Acusticus sich verbinden. Aehnliches fand er beim Kalbe. Valentin[2]) fand in derselben in frischen Leichen Ganglienkugeln, sowohl zwischen den Nerven-Bündeln als auf ihnen. Pappenheim[3]) findet den Nervus cochleae von oben ganz von einer breiten röthlichgrauen Schicht bedeckt, welche aus Ganglienkugeln besteht; der Nervus modioli enthielt Ganglien beim Menschen. Auch am Nervus vestibuli findet er namentlich nach hinten und aussen eine röthliche Substanz welche gangliös ist.

---

[1]) Diss. de parte ceph. nervi sympathici, Heidelberg 1826.
[2]) Hirn- und Nervenlehre, S. 466.
[3]) Specielle Gewebslehre des Gehörorgans, Breslau 1841.

Stannius[1]) fand in der Wurzelmasse des Nervus acusticus bei Petromyzon fluviatilis hüllen- und scheidenlose bipolare, spindelförmige Ganglienkörper, mit einem centripetalen und einem centrifugalen Fortsatz. Ebenso bei mehreren Knochenfischen, beim Frosch, Huhn, Kaninchen und Schaf. Später[2]) beim Menschen, sowohl im Nervus cochleae als vestibuli.

Corti[3]) findet eine beträchtliche Zahl von Ganglienzellen im Nervus acusticus während seines Verlaufes durch den inneren Gehörgang, mit Ausnahme des Nervus cochleae, welcher nur in der Lamina spiralis Ganglienzellen führt und die Habenula ganglionaris bildet. Es finden sich Ganglienzellen auch an dem Verbindungszweig mit dem Facialis. Am Nervus ampullaris inferior kamen kurz vor seiner Ankunft an die Ampulle zwei nebeneinander liegende kleine Anschwellungen vor, welche durch 10—12 Ganglienzellen gebildet waren. Auf die Schilderung der mikroskopischen Beschaffenheit der Ganglienzellen übergehend, lässt er bezüglich derjenigen des Nervus vestibuli unentschieden, ob sie für unipolare oder bipolare zu halten seien, während er die der Habenula ganglionaris als bipolare erkannte.

Leydig[4]) weist bipolare Ganglienzellen im Acusticus des Stör's nach.

Stieda[5]) findet an der vorderen Wurzel des Acusticus des Kaninchens ein kleines Ganglion.

Als ich dieses Ganglion zum ersten Male beim Menschen sah, staunte ich ebenso über den unerwarteten Anblick, der sich mir bot, als über die geringe Beachtung, welche dasselbe, obwohl vor geraumer Zeit bemerkt und allmälig besser erkannt, bisher gefunden hatte. Seit dieser Zeit habe ich es beim Menschen oft untersucht und habe immer dieselbe Anordnung gefunden. Das Ganglion befindet sich am äusseren Abschnitt des Nervus vestibuli, kurz bevor er im Grunde des inneren Gehörgangs in seine Zweige zerfällt. Es durchsetzt den Nerven in einer Länge von 2—3 Mm. nimmt die ganze Breite desselben ein und erzeugt am Nervus vestibuli eine dieser Stelle entsprechende allseitige, am ausgebreiteten Nerven leicht wahrnehmbare Verdickung, welche sich durch eine grauröthliche Färbung von dem übrigen Nerven abhebt.

Am meisten fällt der Theil des Ganglion auf, welcher sich am Ramus superior nervi vestibuli befindet. Dasselbe erstreckt sich aber auch über den Ramus medius und inferior, demnach auch auf den Nervus sacculi hemisphaerici, dessen Ursprung vom Nervus vestibuli abgeleitet werden zu müssen scheint. Seine innere und äussere Grenze bildet am ausgebreiteten Nerven keine gerade, sondern eine den

---

[1]) Göttinger gelehrte Anzeigen 1850, Nr. 16.

[2]) Göttinger gelehrte Anzeigen 1851, Nr. 17.

[3]) Recherches sur l'organe de l'ouïe des mammifères, Zeitschrift für wissenschaftliche Zoologie. 1851.

[4]) Anat. histol. Untersuchungen über Fische und Reptilien, Berlin 1853.

[5]) Studien über das centrale Nervensystem der Wirbelthiere, Zeitschrift für wissenschaftliche Zoologie 1870. Bd. XX Hft. 2.

Theilungsstellen des Nerven entsprechend schwach eingekerbte, selbst gebrochene Linie, besonders von der Berührungsstelle des oberen und mittleren Zweiges aus. Einmal sah ich das Ganglion in zwei zerfallen, indem jener Theil desselben, der dem obern Zweige zugehört, weiter nach aussen gerückt war und die verbindende gangliöse Brücke fehlte. Aus dem Ganglion hervortretend tritt der in feine Fäden aufgelöste Nerve sofort in jene Gruppen zusammen, welche seine Aeste bilden.

Das bindegewebige Gerüste des Ganglion ist so schwach ausgebildet und der Verlauf der Nervenfasern in ihm so gerade gestreckt und wenig verflochten, dass man leicht sehr feine Bündel derselben im Zusammenhange mit ihren Zellen und dem jenseitigen Theile der Fasern von der übrigen Masse des Ganglion ablösen kann. Untersucht man unter dem Mikroskope ein feines Nervenbündel im Zusammenhange mit den Nervenzellen, so sieht man von dem mittleren Theile der Anschwellung aus nach beiden Seiten hin langgestreckte Reihen zwischen feinen Nervenfaserzügen vordringen.

Ueber die mikroskopische Beschaffenheit der Nervenzellen selbst ist hier nur so viel zu bemerken, dass sich ohne grössere Schwierigkeit bipolare Zellen von ovaler Form und durchschnittlich 0.05 Mm Grösse nachweisen lassen, deren Fortsätze an entgegengesetzten Enden liegen und in den Wurzeltheil und die Peripherie des Nerven hinein sich erstrecken. Im Nervus cochleae habe ich bisher keine Nervenzellen wahrgenommen.

In analoger Ausbildung findet sich das Ganglion bei dem Hunde, der Katze, dem Schweine, der Ziege, dem Kalbe. Von Vögeln habe ich die Gans untersucht und dasselbe sehr entwickelt gefunden. Von Fischen sah ich es beim Weissfisch und Karpfen. Gestützt auf diese und die Beobachtungen Früherer ist der Schluss gerechtfertigt, dass der Nervus vestibuli in allen Wirbelthierklassen vor seiner Endausbreitung durch ein Ganglion unterbrochen werde. Das Ganglion des Schneckennerven, welches dem des Vorhofsnerven entspricht, ist die Habenula ganglionaris. Beide zusammen bilden das Ganglion acusticum des Gehörnnerven. Auf sein Verhältniss zu anderen Ganglien werde ich im letzten Abschnitt eingehen.

Wende ich mich zu der oben verlassenen äusseren Anastomose des Acusticus mit dem Facialis, so ist die begonnene Beschreibung dahin auszuführen, dass die vom Facialis kommenden Fädchen an den Vestibulartheil des Ganglion acusticum, das Ganglion acusticum vestibulare, hintreten und sich mit diesem verbinden. Den sich einsenkenden Fäden kann ein Vorsprung des Ganglion entgegenkommen. In glücklichen Fällen kann man einzelne Reiser der Verbindungsfäden sich verzweigend über die ganze Breite des Ganglion hinlaufen sehen; ja feine Aestchen schienen selbst an den Nervus cochleae zu gelangen.

Die schwierig zu beurtheilenden und verwickelten Verhältnisse des Nervus intermedius veranlassten mich, bei Thieren nachzuforschen. Aus meinen über eine grössere Reihe von Thieren bereits ausgedehnten, im Uebrigen noch nicht abgeschlossenen Untersuchungen über diesen Gegenstand sei hier in Kürze erwähnt, dass theils übereinstimmende, theils abweichende Anordnungen vorkommen. Ausgeprägt ist bei einigen, wie der Ziege, die nahe Beziehung des Nerven zum Acusticus, aus dem er scheinbar entspringt. Bei anderen, wie bei dem Schweine, kommt zu diesem Ursprungstheile ein getrennt entspringendes Bündel. Bei Allen aber zeigt es sich, dass der Nervus intermedius in das Ganglion acusticum nicht eintritt, sondern einfach daran vorbeizieht. Von hier zum Facialis gelangend tritt er zum Ganglion geniculi. Zu letzterem treten aber auch einige Fäden des Facialis selbst. Es ist selbstverständlich, dass man hierbei die Nerven im Zusammenhange mit dem betreffenden Hirntheile untersuchen muss.

Ueber den Verlauf der in das Ganglion geniculi eingetretenen Nerven zu befriedigenden Aufschlüssen zu gelangen, ist mir bis jetzt nicht gelungen. Hier war es die Ziege und die Katze, bei welchen die vorhandene Anordnung einigemal deutlichere Bilder gab. Nach diesen läuft ein Theil der eingetretenen Fäden durch das Ganglion hindurch in den Petrosus superficialis major. Ein anderer Faserzug kommt vom Petrosus superficialis major und läuft durch das Ganglion hindurch oder daran vorbei in die peripherische Bahn des Facialis. Das stärkste Bündel entwickelt sich vom peripherischen Ende des Ganglion und läuft nebst dem vorigen mit dem Facialis weiter. Ob dessen Fäden mit den Nervenzellen in Verbindung stehen oder nicht, konnte ich nicht zur Entscheidung bringen.

Das vom Ganglion aus peripherisch in den Facialis übergehende Bündel lässt sich eine Strecke weit verfolgen, pflegt aber bald mit den anliegenden Fäden des Facialis sich zu verflechten und weiterer Beobachtung zu entziehen.

Ganglion petrosum nervi glossopharyngei.

Dieses von Andersch[1]) entdeckte Ganglion liegt an der unteren Fläche des Felsenbeins in der Fossula petrosa am Stamme des Zungenschlundkopfnerven. Zahlreiche zwischen den grössten Theil seiner Nervenfasern eingestreute Nervenzellen bringen in einer Länge von 4—5 Mm eine länglich runde Anschwellung hervor, welche etwa den doppelten Durchmesser des Stammes erreicht.

Man nimmt an, dass der Nervus glossopharyngeus mit zwei Wurzeln unmittelbar oberhalb der Wurzelfäden des Vagus aus dem Gehirn hervortrete, oder dass die 5—6 ihn zusammensetzenden Wurzelfäden nach und nach zu zwei Wurzeln zusammenlaufen, einer vorderen und hinteren. Die hintere, stärkere Wurzel soll nach Einigen es sein, welche in die Bildung des Ganglion eingehe, während die vordere vorüberziehe. Sicher ist, dass wenigstens ein beträchtlicher Theil der Nervenfäden das Ganglion einfach durchsetzt.

Oberhalb dieses Knotens, am Eintritt des Zungenschlundkopfnerven in das Foramen jugulare, liegt das von Ehrenritter[2]) zuerst gesehene Ganglion jugu-

---

1) De nervis aliquibus. P. I. p. 6.
2) Salzburger med. chir. Zeitung Bd. IV. 1790.

lare, welches nach Einigen beständig, nach Anderen nur zuweilen oder zuweilen nicht vorkommen soll. Joh. Müller, C. Krause und Andere halten dieses Ganglion für beständig und für den Wurzelknoten des Glossopharyngeus, lassen jedoch nur einen Theil der Wurzelfasern in dasselbe eintreten. Arnold dagegen nimmt an, dass dasselbe mit jenen unbeständigen Knötchen übereinkomme, welche man hie und da an einzelnen Fäden der grösseren Wurzel des Trigeminus findet. Zugleich mit dieser und jener Aufstellung pflegt der Nervus glossopharyngeus schon vom anatomischen Standpunkte aus als gemischter Nerve betrachtet zu werden. Es fehlt jedoch auch nicht an Vertretern anderer Ansicht, welche, hauptsächlich gestützt auf physiologische Experimente, den Nervus glossopharyngeus für einen ursprünglich rein sensiblen oder sensualen Nerven erklären.

Ich selbst habe das Ganglion jugulare sechsmal beim Menschen und je zweimal bei der Katze und dem Kalbe untersucht und niemals vermisst. Wenn ich diesen Befund mit der verschiedenen, ein Uebersehen in manchem Falle ermöglichenden Erscheinungsweise des Ganglion in Zusammenhang bringe, so zweifle ich nicht an dem beständigen Vorkommen desselben. Es scheinen mir aber ausserdem auch sämmtliche Wurzelfäden des Nerven in das Ganglion einzutreten.

Dasselbe befindet sich entweder gleich am Eingange in das Foramen jugulare, oder es rückt weiter nach abwärts bis in die Nähe des Ganglion petrosum. In dem einen Falle bildet es ein zusammenhängendes Ganzes; in dem anderen sind es kleine, je auf einige Wurzelfäden verstreute weiche, leicht abzureissende Geschwülste, welche das Ganglion ausmachen. Gerade wenn seine Lage in die Nähe des Ganglion petrosum hinabgerückt ist, fällt es am wenigsten auf; aber unter dem Mikroskope überzeugt man sich alsdann von dem Vorhandensein sehr zahlreicher, in Längsreihen geordneter Nervenzellen, welche zwischen feinen Nervenfaserzügen liegen und diese an verschiedener Stelle zu unterbrechen scheinen.

Deutlicher noch zeigt das Ganglion jugulare der Katze und des Kalbes, dass sämmtliche Wurzelfasern von ihm aufgenommen werden. Beim Kalb insbesondere, dessen Ganglion jugulare in der Nähe des Ausgangs des Foramen jugulare liegt und sehr bedeutend ist, während das schwächere Ganglion petrosum eine Strecke unterhalb des Felsenbeines liegt, hier aber leicht mit der Loupe erkannt werden kann, sieht man auf das deutlichste die Wurzelfasern in mehrere Gruppen geordnet in ebensoviele zusammenhängende rundliche Zellenhaufen eintreten.

Den Nervus glossopharyngeus als rein sensiblen Nerven zu betrachten ist dies ein neuer Anhaltspunkt.

Unter den Aesten, welche aus dem Ganglion petrosum hervorgehen, ist es der viel bearbeitete Nervus tympanicus, welcher hier in Betracht zu ziehen ist. Ich begnüge mich, die über seine Ausbreitung aufgestellten noch geltenden Ansichten kurz anzuführen. Nach Arnold, welchem Beck beigetreten ist, begibt sich der aus dem Ganglion petrosum oder dicht über ihm hervortretende Nerve durch den Paukenkanal in die Paukenhöhle, an deren innerer Wand er vor dem Promontorium in einer Knochenrinne aufwärts steigt, mit seiner Hauptfortsetzung durch ein besonderes Kanälchen zwischen Sulcus tensoris tympani und Knie des Canalis facialis auf die obere Fläche des Felsenbeines gelangt und als Petrosus superficialis minor zum Ganglion oticum zieht. Seine übrigen Zweige sind: der Ramus carotico-tympanicus inferior, zum äusseren Ast des carotischen Nerven; der Ramus tubae Eustachii, für die Schleimhaut der Tuba; der Petrosus profundus minor seu carotico-tympanicus superior, der sich durch den ihm eigenen Kanal unter dem Paukenfellspanner in den carotischen Kanal zum carotischen Geflecht begibt; sowie endlich der einfache oder doppelte Ast zur Schleimhaut der Trommelhöhle und der Zellen des Zitzenfortsatzes (Aeste zum runden und ovalen Fenster).

Nach der Anschauung von Krause, Valentin, Hyrtl und Anderen besteht hier eine durch den Nervus tympanicus, durch Fäden aus dem Nervus caroticus und durch den vom Ganglion oticum ausgehenden Petrosus superficialis minor gebildete Anastomose.

Nach E. Bischoff [1]) werden die zur Tuba Eustachii tretenden Fäden sowohl aus Fasern des Tympanicus, als auch des Petrosus superficialis minor, in einigen Fällen auch aus dem Ramus carotico-tympanicus inferior gebildet. Das Verhalten der carotischen Fäden fand er sehr wechselnd.

Kleine Anhäufungen von Nervenzellen am Nervus tympanicus und seiner Verzweigung hatte Pappenheim [2]) wahrgenommen. Bischoff fand eine fast beständige Gruppe von Nervenzellen vor dem Abgang des Nerven zum ovalen Fenster.

Eigene Beobachtungen nahmen hauptsächlich das Verhalten der Nervi carotico-tympanici zum Gegenstand. Nach diesen glaube ich annehmen zu müssen, dass beide Nerven beständig vorhanden sind. Was den unteren betrifft, so finde ich denselben vom carotischen Nerven kommend gewöhnlich in die peripherische Bahn des Tympanicus und seiner Zweige in verschiedener Weise übergehen. Einigemal aber sah ich ihn auch in centraler Richtung in den Tympanicus eintreten und in diesem gegen das Ganglion petrosum verlaufen. Der carotico-tympanicus superior, der eher tympanico-caroticus heissen sollte, ist dagegen immer seiner Hauptmasse nach ein Ast des Tympanicus. Er mündet nicht beständig in den carotischen Nerven ein, sondern zuweilen auch in den Petrosus superficialis major. Er fehlte einmal an der gewöhnlichen Stelle; aber in diesem Falle gelangte er mit dem Petrosus superficialis minor verbunden zur oberen Fläche des Felsenbeines und von hier zum Petrosus superficialis major. Mit diesem oder gewöhnlich mit dem Petrosus profundus major läuft er, wie schon Arnold gefunden, zum Ganglion sphenopalatinum. Dieser Verlauf wird sichergestellt durch beobachtete Fälle später Einmündung in den Petrosus profundus major selbst.

In den Verbindungsfaden zwischen dem Ganglion petrosum und Ganglion

---

[1]) Anastomosen der Kopfnerven S. 23.
[2]) Spezielle Gewebslehre des Gehörorganes, Breslau 1841.

cervicale supremum des Sympathicus habe ich wiederholt feine Faserbündel vom Stamme des Glossopharyngeus einlaufen sehen.

Der Nervus tympanicus zeigt sich in seinem Anfangsstücke gemischt aus mitteldicken Fasern des Glossopharyngeus und feinen Fasern, welche grösstentheils das Ganglion petrosum zuzuführen scheint.

Plexus nodosus nervi vagi.

Der Nervus vagus zieht, von einer besonderen Fortsetzung der harten Hirnhaut umgeben und durch diese vom Nervus glossopharyngeus getrennt, mit dem Nervus accessorius durch den vorderen Abschnitt des Foramen jugulare. Im oberen Theil dieses Loches gehen seine Wurzelfasern, beim Menschen anscheinend alle, in das von Arnold so genannte Ganglion jugulare über, um bald darauf mit dem inneren Aste des Accessorius in Verbindung zu treten. Kurz nach der Bildung des Knotens entspringen aus dem Stamme des Vagus jene von Arnold entdeckten Zweige, die unter den Namen Nervus auricularis vagi und recurrens vagi bekannt sind.

In der Höhe des oberen Endes des obersten Halsknotens des Sympathicus geht der Stamm des Vagus in die zweite Anschwellung, den Plexus nodosus über, der eher Ganglion cervicale vagi genannt werden könnte. An dieser Stelle ist der Stamm des Vagus in einer Länge von 2 Cm. leicht nach allen Seiten vorgewölbt durch eine grosse Menge zwischen das lockere Geflecht seiner Bündel eingestreuter Ganglienzellen. Hievon ist der Nervus laryngeus superior und, wie angenommen wird, die Rami pharyngei ausgeschlossen.

Bei einigen Thieren, unter diesen bei der Katze, gehen ausser den genannten Nerven noch einige stärkere Bündel, vielleicht die den unteren Kehlkopfnerven zusammensetzenden, an dem Ganglion vorüber. Ob die übrigen alle mit den Zellen desselben sich verbinden, muss auch hier unentschieden bleiben.

Von diesem Ganglion ist es bekannt, dass es durch einen starken kurzen Faden mit dem Ganglion cervicale supremum nervi sympathici in Verbindung steht. Der Verbindungszweig mit dem Ganglion petrosum glossopharyngei wurde bereits oben genannt.

Ein oder mehrere Fädchen sah ich in peripherischer Richtung sowohl in den Hypoglossus als auch den Accessorius eintreten. Ob der Accessorius, welcher gerade oberhalb des Ganglion oder diesem gegenüber seine Verbindungen mit dem Vagus bewerkstelligt, mit Fäden in die Bildung des Ganglion eingreift, könnte, wenn letzteres als sympathisches Ganglion aufgefasst werden darf, als Frage aufgeworfen werden.

Den Verbindungsfaden mit dem obersten sympathischen Halsganglion sah ich einigemal stark mit eingestreuten Ganglienzellen versehen, so dass die Zellenmassen beider Ganglien in einander überzugehen schienen. —

Schlusswort.

In den vorausgehenden Abschnitten dieser Abhandlung findet sich eine Anzahl von Ganglien aneinandergereiht, über deren Stellung im System der Ganglien der Gehirnnerven einige Worte nachzutragen sind. Ich nehme an, dass das Ganglion sphenophalatinum und oticum des Trigeminus, das Ganglion petrosum des Glossopharyngeus und das Ganglion cervicale des Vagus das System der sympathischen Grenzganglien des Kopfes bilden. Ob auch das Ganglion geniculi hieher gerechnet werden müsse, ist zweifelhaft, wie ich näher auseinandersetzen werde.

Frägt man nach der Begründung dieser Aufstellung, so stützt sie sich einerseits auf die Anlage des sympathischen Grenzstrangs längs der Reihe der Rückenmarksnerven; andererseits auf die natürliche Eintheilung der Gehirnnerven. Sie stützt sich ausserdem auf die bisher über die niederen Wirbelthierklassen bekannt gewordenen bezüglichen Verhältnisse.

Die ersten Versuche, die Gehirnnerven auf den Typus der Rückenmarksnerven zurückzuführen, liegen schon geraume Zeit hinter uns. Der grosse Grundgedanke selbst fand jedoch im Laufe der Zeit verschiedene Anwendung und Ausführung. So werthvoll für praktische Zwecke die jetzt übliche künstliche Eintheilung der Gehirnnerven sich erwiesen hat, so wird sie ihrer Bedeutung nach schliesslich der natürlichen Eintheilung weichen müssen.

Carus[1] machte zuerst darauf aufmerksam, dass bei Fischen und Amphibien das fünfte und zehnte Paar als Intervertebralnerven sich verhalten. Ch. Bell[2] verglich zuerst genauer die beiden Wurzeln des fünften Paares im Ursprung und Verhalten mit vorderen und hinteren Wurzeln der Spinalnerven.

Meckel der Jüngere[3] betrachtete alle Hirnnerven gleich einzelnen Abtheilungen von Rückenmarksnerven, welche sich nicht, wie diese, zu einem Stamme vereinigt, sondern zu einzelnen Nerven entwickelt haben. Es bilden sich nicht neue Nerven an, sondern ganze Nerven zerfallen, einzelne Aeste erheben sich zu Stämmen und entspringen von eigenen Hirntheilen.

Arnold[4] nahm zwei Vertebralnerven des Kopfes an. Der erste ist der Trigeminus mit den Augenmuskelnerven und dem Facialis; der zweite ist der Glossopharyngeus, Vagus, Accessorius und Hypoglossus. Ausgenommen von dieser Aehn-

---

[1] Zootomie, Dresden 1817.
[2] Untersuchungen des Nervensystems, von Romberg, Berlin 1832.
[3] Handbuch der Anatomie, Halle und Berlin 1817.
[4] Handbuch der Anatomie. Bd. II. Capitel Hirnnerven.

lichkeit sind die drei reinen Sinnesnerven, der Olfactorius, Opticus und Acusticus, welche als Ausstülpungen der Gehirnblase zu erachten sind.

Nach der Meinung von Joh. Müller[1]) gibt es drei Wirbelnerven des Schädels. Der erste ist der Trigeminus, der zweite der Vagus, Glossopharyngeus und Accessorius, der dritte der Hypoglossus. In neuester Zeit[2]) wurde der Nachweis versucht, dass sowohl die Trigeminus- als Vagusgruppe mehreren Spinalnerven entspreche.

In der Classification der Hirnnerven-Ganglien machten sich ebenfalls Verschiedenheiten geltend. Zuerst war es das Ganglion semilunare des Trigeminus, an welchem die Aehnlichkeit mit einem Spinalganglion wahrgenommen wurde. Arnold nannte darauf das Ganglion semilunare den vorderen, das Ganglion jugulare vagi und petrosum glossopharyngei den hinteren Intervertebralknoten des Schädels. Joh. Müller unterscheidet sich hierin dadurch, dass er statt des Ganglion petrosum das Ganglion jugulare glossopharyngei setzt. Auch ich fasse das Ganglion semilunare trigemini, das Ganglion jugulare glossopharyngei et vagi als Wurzelganglien der Kopfnerven auf.

Bevor ich aber zur Betrachtung der peripherisch von den genannten Knoten an den Gehirnnerven befindlichen Ganglien übergehe, ist hier der Ort, des Ganglion acusticum zu gedenken. Ist dasselbe nicht ebenfalls als Wurzelganglion zu betrachten? Man kann sich trotz der bestreitenden Lehre der Entwicklungsgeschichte kaum von dieser äusseren Aehnlichkeit losmachen. Inwieweit sie auch eine innere, im Verhältniss der Nervenfasern zu den Nervenzellen begründete ist, muss für die höheren Wirbelthiere noch als unsicher dahingestellt bleiben.

Vom Ganglion acusticum zur Nervenzellenschichte der Retina (Ganglion opticum) und dem Bulbus olfactorius (Ganglion olfactorium) ist aber nur ein Schritt. Doch es genügt, auf diese entfernte, trotz der verschiedenen Entwicklungsweise bestehende Beziehung von Neuem hingewiesen zu haben.

Zu den peripherisch von den Wurzelganglien gelegenen Nervenzellenhaufen übergehend finden wir nur wenig durchgeführte Eintheilungsversuche. Vor Allem sind es zwei, welche hier zu erwähnen sind. Die eine von Arnold[3]) herrührende, zählt als sympathische Ganglien des Kopfes den Augen-, Nasen-, Ohr- und Zungenknoten auf und nimmt aus gewissen Beziehungen dieser Knoten zu den gleichnamigen Sinnesorganen Veranlassung, sie als eine besondere Gruppe mit dem Namen Sinnesknoten zu bezeichnen. Das Ganglion petrosum und geniculi sind ihm Theile der Zwischenwirbelknoten.

Joh. Müller[4]) rechnet zu den Grenzknoten (welche da liegen, wo die Wur-

---

[1]) Handbuch der Physiologie, 4. Auflage Bd. I. S. 681.
[2]) C. Gegenbaur, über die Kopfnerven von Hexanchus und ihr Verhältniss zur Wirbeltheorie des Schädels. Jena'sche Zeitschrift 1871.
[3]) Kopftheil des sympathischen Nervensystems.
[4]) Handbuch der Physiologie Bd. I, S. 533.

zeln des Sympathicus von den Cerebral- und Spinalnerven kommend, sich zum Grenzstrang verbinden) das Ganglion petrosum glossopharyngei, Ganglion geniculi, Ganglion sphenopalatinum und oticum. Wurzelknoten und sympathische Knoten können aber in eines verschmelzen, wie beim Ganglion nervi vagi, zuweilen dem Ganglion petrosum nervi glossopharyngei des Menschen.

Wenn ich selbst das Ganglion cervicale vagi zu den sympathischen Grenzknoten rechne, so geschieht es aus denselben Gründen, welche für die Zuzählung der übrigen geltend gemacht werden können. Sie leiten sich besonders her aus der charakteristischen Lage des Ganglion und seiner Verbindungsweise mit dem sympathischen Grenzstrang des Halses. Die Einfügung des Ganglion cervicale vagi und petrosum glossopharyngei in den Stamm ihrer Nerven selbst bildet kein Hinderniss dieser Zuzählung, wie viele Beispiele aus den niederen Klassen der Wirbelthiere zeigen. Die Rami communicantes sind in diesen Fällen unendlich klein geworden; die Aeste werden peripherisch in die Stämme selbst gesendet, wie deren Dickenzunahme unterhalb der Ganglien beweist.

Die Verbindungen, welche sämmtliche dem Grenzstrang des Kopfes eigenthümlichen Ganglien mit dem obersten Halsknoten des Sympathicus eingehen, sind bereits oben erwähnt worden.

Der Nervus tympanicus mit seinen Ausläufern zum Ganglion sphenopalatinum und oticum, dem Petrosus profundus minor und superficialis minor, erscheint auf diese Weise als ein Theil des sympathischen Grenzstrangs.

Die Qualität des Ganglion geniculi ist so zweifelhaft, wie die des Nervus intermedius. Den Gründen, welche das Ganglion geniculi als Grenzknoten des Acusticus deuten, können solche, welche in ihm das Wurzelganglion des Nervus intermedius sehen, gegenübergestellt werden, wie es schon früher durch Arnold, Bischoff und Andere geschehen ist. Eine sichere Entscheidung scheint mir zur Zeit nicht gegeben werden zu können.

Das Ganglion ciliare und submaxillare zähle ich mit Joh. Müller zu den peripherischen Ganglien des Sympathicus.

Nachdem der Weg bis hieher zurückgelegt ist, wünschte ich im Rückblick zu sehen, dass eine grössere Klarheit über die Anordnung des Kopftheils des Sympathicus und über die anatomische Beschaffenheit seiner Grenzknoten gewonnen sei, als sie bisher vorhanden war.

Eine Vergleichung der einzelnen Ganglien unter sich, nicht minder auch dieser Gruppe mit den abwärts gelegenen Theilen des Grenzstrangs bietet manches Bemerkenswerthe. Soweit es passend erschien, ist hierauf in den einzelnen Abschnitten Rücksicht genommen worden. In eine nähere Erörterung der Function dieses räthselvollen Systems einzutreten, finde ich jedoch vorläufig keine Veranlassung. Möge für eine künftige Erkennung derselben das Eine oder Andere des Vorgetragenen fruchtbar sein.

Erklärung der Tafeln.

Sämmtliche Figuren sind bei fünfmaliger Vergrösserung unter Anwendung eines Zeichnungsprisma dargestellt.

Tafel I.

Fig. I. Ganglion sphenopalatinum eines neugebornen Kindes.
Fig. II. Ganglion sphenopalatinum einer Katze.

    1) Nervus sphenopalatinus.
    2) Nervi palatini. 2a. Ast zum weichen Gaumen.
    3) Nervi nasales posteriores.
    4) Nervus vidianus.

Tafel II.

Wurzeln und Aeste des Ganglion oticum.

    1) Nervus petrosus superficialis minor.
    2) Ramus ad nervum auriculo-temporalem.
    3) Chorda tympani.
    4) Nervus lingualis.
    5) Nervus pterygoideus internus.
    6) Nervus tensoris veli palatini.
    7) Nervus tensoris tympani.
    8) Nervuli sphenoidales.
    9) Nervus spinosus.
    20) Nervus petrosus superficialis major.
    11) Nervus petrosus profundus minor.
    11) Nervus vidianus.

Tafel III.

Zwei Darstellungen des Nervus tympanicus und der Nervuli sphenoidales.

    1) Nervus tympanicus.
    2) Nervus carotico-tympanicus.
    3) Nervus tubae Eustachii.
    4) Nervus petrosus profundus minor seu tympanico-caroticus.
    5) Nervus petrosus superficialis minór.
    6) Ganglion oticum.
    7) Nervus sphenoidalis internus.
    8) Nervus vidianus.
    9) Nervus petrosus superficialis major.
    10) Ganglion geniculi nervi facialis.
    11) Verbindungszweig vom Nervus petrosus superficialis major zum petrosus superficialis minor.

Tafel IV.

Fig. I. Nervus acusticus und facialis des Menschen.
Fig. II. Nervus acusticus und facialis der Ziege.
Fig. III. Nervus vestibuli und facialis der Katze.

    1) Nervus acusticus.
    2) Nervus cochleae.
    3) Nervus vestibuli.
    4) Nervus intermedius.
    5) Nervus facialis.
    6) Ganglion geniculi.
    7) Verbindungszweige zwischen Ganglion geniculi und Ganglion acusticum vestibulare
    8) Nervus petrosus superficialis major.

Tafel V.

    1) Nervus glossopharyngeus.
    2) Ganglion jugulare nervi glossopharyngei.
    3) Ganglion petrosum.
    4) Nervus tympanicus.
    5) Nervus vagus.
    6) Ganglion jugulare nervi vagi.
    7) Ganglion cervicale nervi vagi.

8) Verbindungszweige zwischen Ganglion cervicale vagi und
Ganglion petrosum glossopharyngei.
9) Ramus auricularis vagi.
10) Ramus pharyngeus vagi.
14) Nervus laryngeus superior.
12) Ganglion cervicale supremum nervi sympathici.
13) Verbindungszweig des Ganglion cervicale supremum zum
Ganglion petrosum nervi glossopharyngei.
14) Nervus carotico-tympanicus.
15) Nervus accessorius Willisii.
16) Nervus hypoglossus.
17) Nervus cervicalis secundus und tertius. Theile von deren
Rami communicantes zum Ganglion cervicale supremum
lassen sich in dessen Rachenäste und abwärts in den
Grenzstrang verfolgen.

Fig. 1.

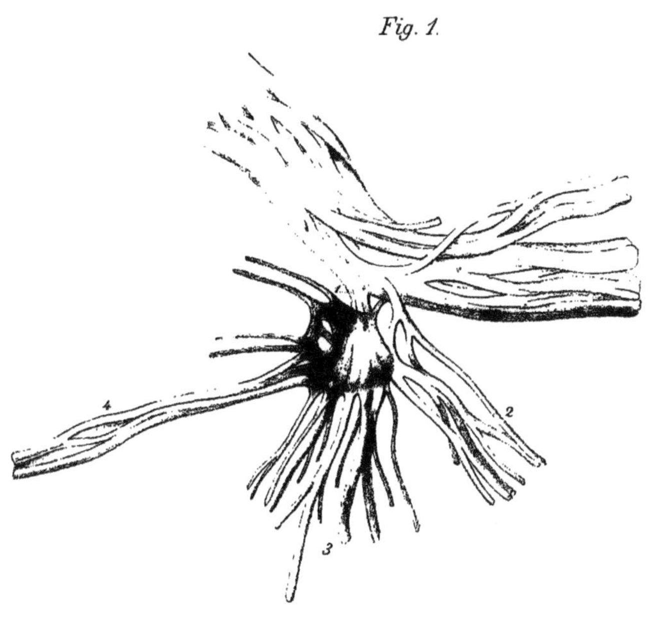

Fig. 2.

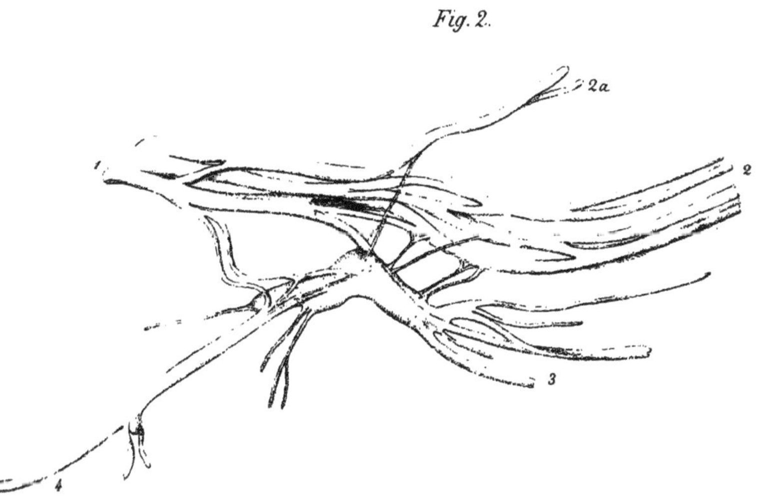

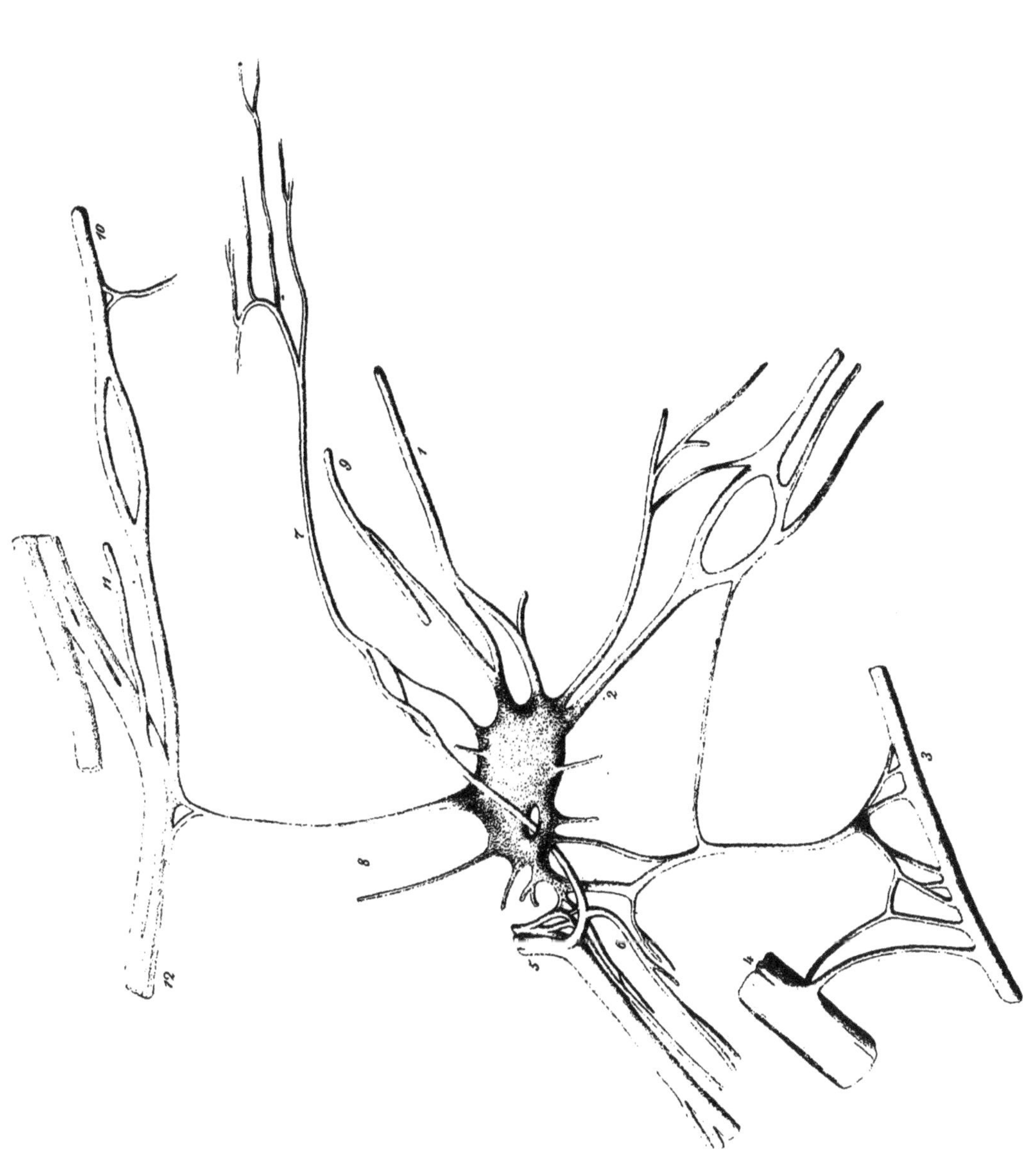

Fig.1.

Fig.2.

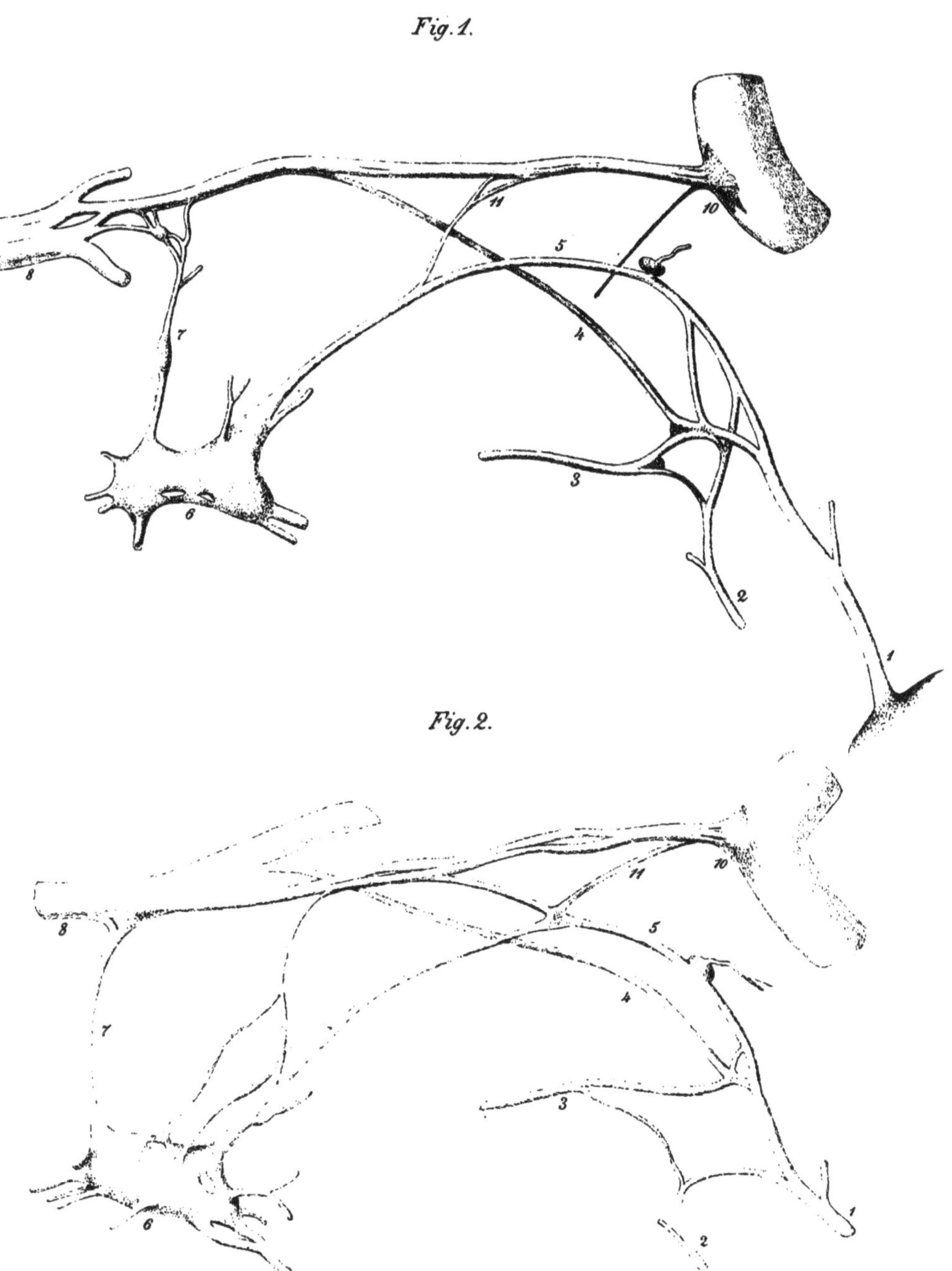

Fig. 1.

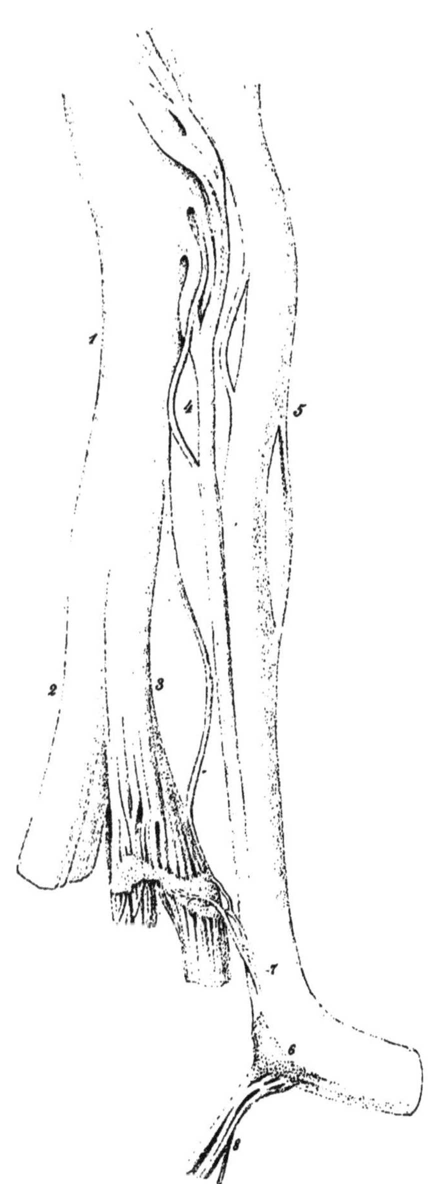

Fig. 2.

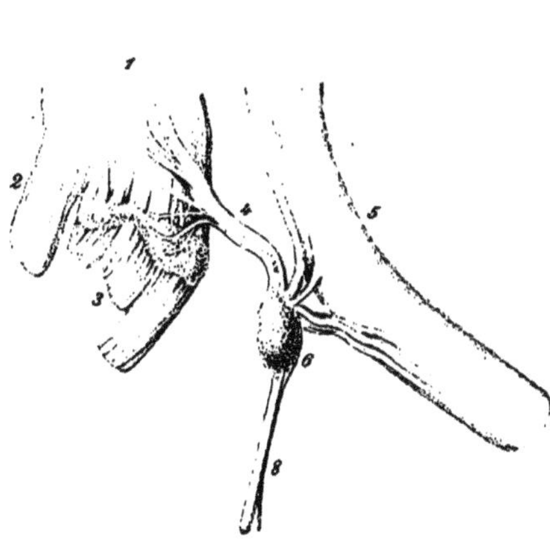

Fig. 3.

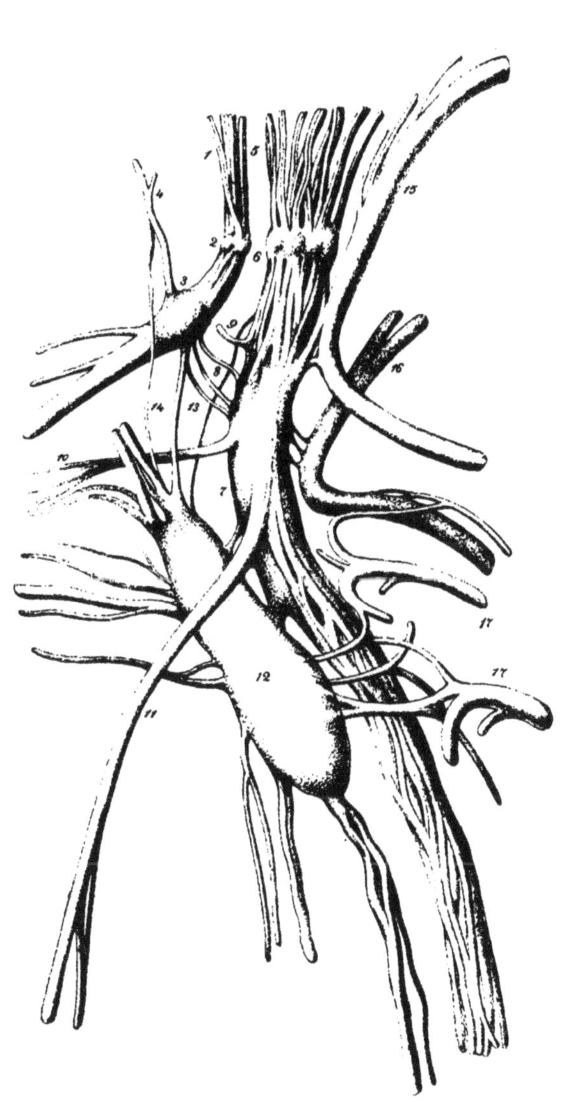